愛亂孵蛋的菲菲
Fei Fei and Her Eggs

作 戴漢璉、馮家賓
繪 趙珮廷、趙珮妘

愛亂孵蛋的菲菲

從前有一隻母雞——菲菲，她很愛孵蛋，結果養成一個壞習慣，就是到處亂孵蛋……。

可是菲菲常常忘記蛋孵在哪裡！到處找也找不到。但菲菲覺得不行放棄，她只好開始去找蛋啦！

菲菲先去草叢看，找到了第一顆蛋！但是還沒有找到其他的蛋，這下該怎麼辦呢？

菲菲匆匆忙忙再去找蛋……
又在遊樂園裡找到了一顆蛋！

菲菲緊張的去公園找，又找到一顆蛋，但是還有最後一顆蛋沒找到。

接著菲菲去游泳池，終於找到最後一顆蛋了，好棒喔！
全都找到了！

菲ㄈㄟ菲ㄈㄟ覺ㄐㄩㄝ得ㄉㄜ找ㄓㄠ回ㄏㄨㄟ蛋ㄉㄢ很ㄏㄣ辛ㄒㄧㄣ苦ㄎㄨ， 從ㄘㄨㄥ此ㄘ以ㄧ後ㄏㄡ不ㄅㄨ敢ㄍㄢ再ㄗㄞ到ㄉㄠ處ㄔㄨ亂ㄌㄨㄢ孵ㄈㄨ蛋ㄉㄢ了ㄌㄜ。

動ㄉㄨㄥˋ物ㄨˋ
森ㄙㄣ林ㄌㄧㄣˊ

從前，有一個動物森林，裡面住著很多動物。

兔子跳跳在森林裡種了胡蘿蔔，小熊奇比在森林裡養了蜜蜂。

有一天，大野狼灰灰也來到動物森林。但是灰灰常常欺負比自己小的動物們。灰灰把跳跳的胡蘿蔔園毀掉了。

也㆞把㆚奇㆓比㆛養㆒的㆕蜜㆛蜂㆝窩㆒毀㆚掉㆓了㆖。　灰㆞
灰㆞到㆖處㆒闖㆕禍㆛，　大㆚家㆓都㆚不㆚喜㆒歡㆛愛㆕欺㆛負㆚
人㆖的㆖灰㆞灰㆚。

這天，全森林的動物都來參加這個派對，只有灰灰沒有被邀請，因為沒有動物喜歡他。

灰灰一直躲在旁邊看，看著大家玩得這麼高興，灰灰也好想參加。

這時候灰灰跑出來和大家道歉，
說以後再也不會欺負大家了！

到了聖誕節的時候，小動物們又要開派對了。這次他們決定給灰灰一次機會，於是邀請他一起來玩。

灰灰很開心，他帶了很多好吃的糖果跟大家分享。分享完後，灰灰和大家都成為好朋友了。

皮皮學乖了

從前有一隻偷偷摸摸的小狐狸皮皮，皮皮都會趁人家不注意的時候，去偷別人的東西。

有一次皮皮到了小兔子暖暖家，偷完東西之後就跑走了。

第二次皮皮來到小猴子多多家偷東西。

那ㄋㄚˋ時ㄕˊ候ㄏㄡˋ多ㄉㄨㄛ多ㄉㄨㄛ正ㄓㄥˋ在ㄗㄞˋ隔ㄍㄜˊ壁ㄅㄧˋ房ㄈㄤˊ間ㄐㄧㄢ玩ㄨㄢˊ遊ㄧㄡˊ戲ㄒㄧˋ。

皮皮以為多多睡著了，
所以他開始四處拿東西。

突然，房間的燈被打開了。原來是多多聽到皮皮在隔壁的聲音。

多多多報警了。
皮皮看到警察阿牛來了，他緊張
的跟多多說對不起。

警察阿牛說：「聽說你還有偷過一次東西，所以不能原諒！」
因此皮皮被關到監獄裡去了。

在黑黑的房間裡，皮皮心裡想：「早知道就不要偷東西了！偷東西又不好玩，現在被關進監獄，也沒有朋友，以後也看不到爸爸媽媽了！」皮皮越想越難過，傷心的哭了。

過了幾天，　警察阿牛覺得皮皮反
省夠了，　就來問皮皮下次還敢不敢
偷東西？

　　皮皮回答說：「下次不會了！」

　　警察阿牛又說：「如果下次再
偷東西的話，　我們就不會讓你出來
了！」

皮皮點點頭的走了！
皮皮最後學乖了！

他真的變成一個不偷東西，永遠和爸爸媽媽快快樂樂在一起的小狐狸了。

作者介紹

戴漢璉 | 「謝謝您們買我的書，希望您們喜歡。」

創作這本書時小學一年級，興趣是溜冰、騎腳踏車、玩滑板車、溜直排輪、游泳、唱歌、跳舞、看卡通、聽／看／說故事。

馮家賓 |

一切都是從幼兒園舉辦的二手貨義賣活動開始，到鼓勵孩子把要說的故事寫下來，這播種的過程將近三年，很高興在孩子小一時，終於冒出一點芽來了。

愛亂孵蛋的菲菲

作　　者	戴漢璉、馮家賓	
繪　　者	趙珮廷、趙珮妘	
董 事 長	李在龍	
發 行 人	周英弼	
出 版 者	時兆出版社	
客服專線	0800-777-798（限台灣地區）	
電　　話	886-2-27726420	
傳　　真	886-2-27401448	
地　　址	台灣台北市105松山區八德路2段410巷5弄1號2樓	
官　　網	http://www.stpa.org	
電　　郵	stpa@ms22.hinet.net	
責任編輯	陳慈蓉	
封面設計	時兆設計中心、林俊良	
美術編輯	時兆設計中心、林俊良	
法律顧問	宏鑑法律事務所　電話：886-2-27150270	
商業書店	總經銷 聯合發行股份有限公司 TEL.886-2-29178022	
基督教書房	基石音樂有限公司　TEL.886-2-29625951	
網路商店	http://www.pcstore.com.tw/stpa	
電子書店	http://www.pubu.com.tw/store/12072	
I S B N	978-986-6314-71-1	
定　　價	新台幣280元	
出版日期	2017年5月　初版1刷